Kids

Este libro pertenece a:

Para ti, que siempre brillas,
incluso cuando el mundo a tu alrededor cambia.
Recuerda: aunque se sigan diferentes caminos,
el amor seguirá brillando.

Papel certificado por el Forest Stewardship Council®

Primera edición: abril de 2025

© 2025, Carlota Pimentel, por el texto
© 2025, Penguin Random House Grupo Editorial, S. A. U.
Travessera de Gràcia, 47-49. 08021 Barcelona
© 2025, Verònica Aranda Vernet por las ilustraciones

Penguin Random House Grupo Editorial apoya la protección de la propiedad intelectual. La propiedad intelectual estimula la creatividad, defiende la diversidad en el ámbito de las ideas y el conocimiento, promueve la libre expresión y favorece una cultura viva. Gracias por comprar una edición autorizada de este libro y por respetar las leyes de propiedad intelectual al no reproducir ni distribuir ninguna parte de esta obra por ningún medio sin permiso. Al hacerlo está respaldando a los autores y permitiendo que PRHGE continúe publicando libros para todos los lectores. De conformidad con lo dispuesto en el artículo 67.3 del Real Decreto Ley 24/2021, de 2 de noviembre, PRHGE se reserva expresamente los derechos de reproducción y de uso de esta obra y de todos sus elementos mediante medios de lectura mecánica y otros medios adecuados a tal fin. Diríjase a CEDRO (Centro Español de Derechos Reprográficos, http://www.cedro.org) si necesita reproducir algún fragmento de esta obra. En caso de necesidad, contacte con: seguridadproductos@penguinrandomhouse.com

Printed in Spain - Impreso en España

ISBN: 978-84-10318-10-6
Depósito legal: B-2590-2025

Compuesto por Araceli Ramos
Impreso en Gráficas 94, S.L.
Sant Quirze del Vallès (Barcelona)

PK 18106

Mi familia de COLORES

Dos casas, un hogar

CARLOTA PIMENTEL

Ilustraciones de
VERÒNICA ARANDA VERNET

¡Hola! Me llamo Chloe y tengo una luz de color verde. La tengo justo aquí, en el pecho. ¿La ves?

Mi luz es verde porque la de mi papi es azul y la de mi mami es amarilla.

Pero cuando estamos los tres juntos, sus luces se mezclan y todo brilla de color verde.

A mí me encantaba que en mi casa todo tuviese un brillo verde.
Pero un día, mis papás me dijeron que se iban a separar.

—¿Os vais a separar? ¿Como cuando los puzles se desmontan?
—Más o menos, cariño.

Me sentía triste y asustada. Al principio,
pensé que mi familia nunca más sería brillante…
Mamá me explicó:

—A veces, los papás y las mamás somos más felices
cuando las luces que llevamos dentro brillan por separado.

—Pero, entonces ¿ya no seremos una familia?
¿Y yo ya no tendré mi luz verde?

—Chloe, nosotros siempre seremos una familia y tú siempre tendrás tu luz. Pero a partir de ahora, papá tendrá una casa con luz azul y mamá, una casa con luz amarilla.

Los primeros días fueron muy raros.

Era como tener la galleta en una mano
y las pepitas de chocolate en la otra.

Papá se mudó a una casa cerca del bosque. Allí empezó a dedicar más tiempo a hacer las cosas que le gustan.

Ahora sale a pasear por la montaña y cuida de su jardín. Y cada semana, yo lo visito y hacemos actividades al aire libre.

Una mañana, mientras paseábamos por el bosque, le pregunté:

–Papá, ¿esto de tener dos casas es como tener dos cumpleaños?

–¡Exacto! Ahora tienes más pastel y más diversión.

Mamá encontró un apartamento en la ciudad.
Allí puede hacer sus manualidades, cocinar recetas
deliciosas y estar más tranquila.

Los días en casa de mamá siempre son especiales:
leemos cuentos, hacemos dibujos y creamos
cosas increíbles con las manos.

Una tarde, mientras horneábamos galletas, le pregunté:

—Mamá, ¿por qué brillas más ahora?

Mamá sonrió y me dio una galleta.

—Porque ahora puedo hacer las cosas que me hacen feliz. Y si estoy feliz, puedo brillar más y darte más amor.

Aunque ahora tengo dos casas, yo sigo teniendo mi luz verde en el pecho, porque sigo siendo una mezcla de las luces de mis papás. Y aunque ya no vivamos en la misma casa de antes, ellos me siguen queriendo igual.

¡Me siento como una heroína con dos bases secretas!

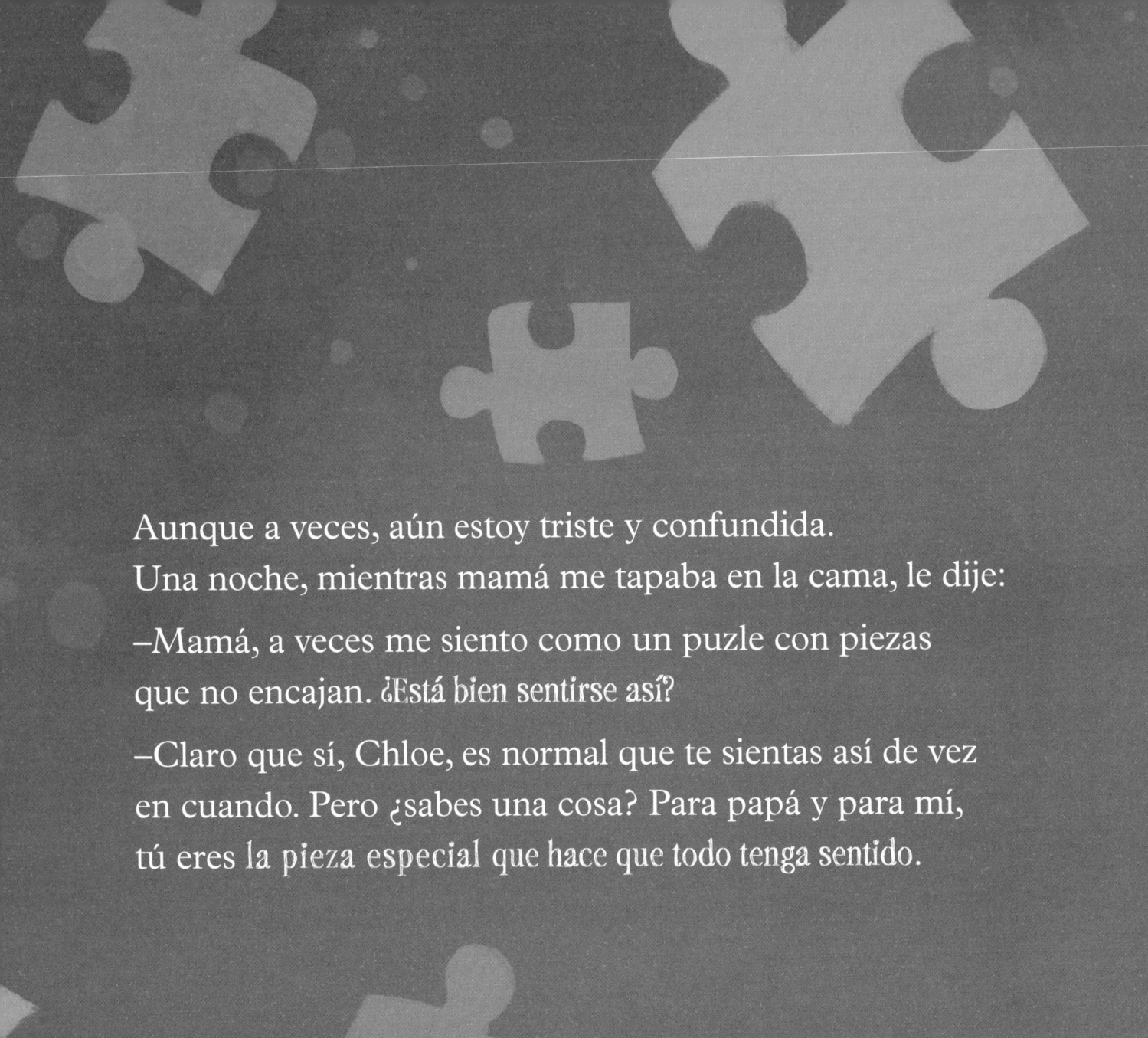

Aunque a veces, aún estoy triste y confundida.
Una noche, mientras mamá me tapaba en la cama, le dije:

—Mamá, a veces me siento como un puzle con piezas que no encajan. ¿Está bien sentirse así?

—Claro que sí, Chloe, es normal que te sientas así de vez en cuando. Pero ¿sabes una cosa? Para papá y para mí, tú eres la pieza especial que hace que todo tenga sentido.

Con el tiempo descubrí que tener dos casas significaba jugar el doble, tener más cuentos distintos antes de ir a dormir y pasármelo el doble de bien.

En casa de papá, he descubierto que me encanta plantar flores y observar cómo crecen.

En casa de mamá, me he dado cuenta de que me gusta mucho crear nuevas recetas. Además, ¡mi parque preferido está al lado de casa!

Mis papás ya no viven juntos, pero ahora son más felices y eso hace que el tiempo que paso con ellos sea más especial.

En la escuela, he conocido a nuevos amigos,
con diferentes tipos de familias.

Hay un niño que se llama Adam y que tiene una luz de color lila.

—Adam, tu luz es muy bonita. ¿Siempre ha sido lila?

—Sí, porque la luz de mis dos mamás es lila y las dos
me quieren mucho.

También está Clara, una niña que tiene a un papá con luz naranja y una abuela con luz rosa.

–Clara, ¿cómo es vivir con tu abuela?

–¡Es genial! Mi abuela me cuenta historias y me enseña muchas cosas. Mi papá y ella me quieren mucho.

¡Y yo a ellos!

He descubierto que hay muchas formas de familias y que todas son especiales.

También me he dado cuenta
de que mi familia brilla de una forma única.

Una noche, mientras mamá me leía un cuento, se lo dije.

–Mamá, ¿sabes qué? Los colores con los que brilla nuestra familia son muy especiales y eso me gusta mucho.

–A mí también me gusta, Chloe. Lo único que ha cambiado es que ahora brillamos con más colores. El amor que sentimos mamá y papá por ti es el mismo de siempre.

Cada vez que veo mi luz de color verde brillar, recuerdo que soy la unión perfecta de mi mamá y mi papá.

Aunque ahora tengo un hogar en dos casas y ellos dos brillan en lugares distintos, los tres estaremos unidos por el amor que compartimos.

Pase lo que pase,

¡mi familia siempre brilla!

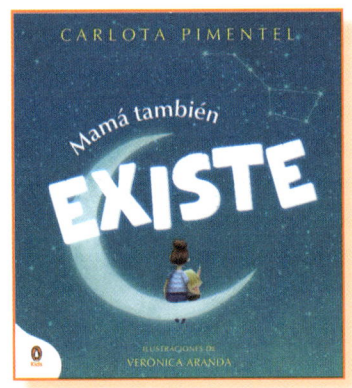

Una historia para reír y compartir en familia, porque el vínculo único entre madres e hijos es más fuerte que cualquier enfado.

Una historia para celebrar la maternidad real, reivindicando la figura de las madres desde un enfoque más realista y divertido

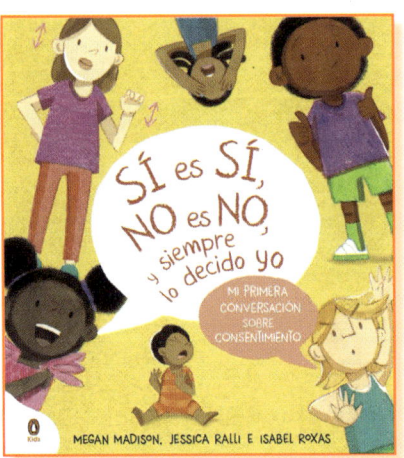

Un cuento fundamental para gestionar las emociones entendiendo cómo funciona nuestro cerebro, escrito por la psicóloga Diana Jiménez.

Un libro para explorar el consentimiento positivo e iniciar la conversación sobre cómo respetarnos a nosotros mismos y a los demás, y aprender a cuidarnos mejor.

**Gracias por llegar hasta aquí,
pequeño lector, pequeña lectora.**

Si tú no te hubieras atrevido a abrir este libro,
nada habría pasado. Cuando lo cierres, habrás
cambiado. Verás más cosas, soñarás más grande,
crecerás rápido.

Pero recuerda que siempre puedes volver aquí,
donde crecen los lectores.

Sí, es verdad, todos los niños crecen, menos uno.
De ese hay que aprender a amar las historias
y a no tener mucha prisa.

**Porque leer es crecer,
pero también es resistirse
a dormirse.**

Nos vemos en la siguiente página.

Kids